玉茗堂還魂記

明·湯顯祖 撰

中國書店

據中國書店藏清乾隆冰絲館刻本影印原書版框高二十一厘米寬十三點二厘米

出版説明

《玉茗堂還魂記》二卷，明湯顯祖撰。

湯顯祖（一五五〇—一六一六），字義仍，號海若、若士、清遠道人，江西臨川人，明代著名戲曲家、文學家。萬曆十一年進士，歷官太常寺博士、禮部主事、徐聞典史、浙江遂昌知縣等職。後因不附權貴而免官，未再出仕。曾從羅汝芳讀書，并受李贄思想的影響。在戲曲創作方面，著有《還魂記》、《邯鄲記》、《南柯記》、《紫釵記》四部傳奇，合稱《玉茗堂四夢》，以《還魂記》最著名。在戲曲史上，和關漢卿、王實甫齊名，在中國乃至世界文學史上都有着重要的地位。

《玉茗堂還魂記》即《牡丹亭》，又稱《還魂夢》或《牡丹亭夢》。它是湯顯祖的代表作，也是我國戲曲史上浪漫主義的杰作。作品通過杜麗娘和柳夢梅生死離合的愛情故事，熱情歌頌了反對封建禮教、追求自由幸福的愛情和强烈要求個性解放的精神。

自《還魂記》成書後，風行寰宇，受到了世人的廣泛歡迎，明清兩代多有刊刻。其中，以清乾隆五十年（一七八五）冰絲館刻本最爲精善。冰絲館所刻《玉茗堂還魂記》版面開闊，行格疏朗，文字用宋體字而精整非常。全書共收精美版畫三十五幅，刊刻精細，綉像綫條流暢自然，人物神態亦甚逼真，尤承明代徽派版畫藝術風格餘緒，是中國古代版畫史上的代表作品。

鑒于該書豐富的文化内涵和較高的藝術價值，中國書店據所藏清乾隆五十年冰絲館刻本《玉茗堂還魂記》爲底本影印。是書半頁九行，行二十字，白口，四周單邊。本書的影印出版，可滿足專家、學者及廣大讀者的需求，不僅爲學術研究、古籍文獻整理作出積極貢獻，也對中華文明的傳承與弘揚有着積極的現實意義和深遠的歷史影響。

中國書店出版社
癸巳年夏月

清暉閣原本

玉茗堂還魂記

乾隆乙巳年

冰絲館增圖重梓

氷絲館重刻還魂記敘

世有見玉茗堂還魂記而不歎其佳者乎然欲眞知其佳且盡知其佳亦不易言矣風雲月露天之才也山川花柳地之才也詩詞雜文人之才也此三才者亘古至今而不易推遷變化而弗窮還魂記一傳奇耳乃薈天地之才爲一書合古今之才爲一手以爲禪則禪宗之妙悟靡不入也以爲莊列則莊列之詼誕靡不臻也以爲騷選則騷選之幽渺靡不探也以爲史則史家之筆削靡不備也以爲詩則詩人之溫

厚靡不蘊也以爲詞則詞人之縟麗靡不抒也以爲曲則度曲家之清濁高下宮商節族靡不極其微妙中其窾郤也噫觀止矣予童子時愛讀此記讀之數十年自恨於其佳處尚有未能悉者氷絲館居士與余同好取清暉閣原本編較重刊務存玉茗舊觀不敢增刪隻字至於愜目賞心莫能自割輙於原評之外畧綴數言另署氷絲館快雨堂之名以別之冀與讀還魂記者少作周旋焉顧還魂記博奧淵微評跋豈能盡闡仍待讀之者自爲領取而已快雨堂敘

批點玉茗堂牡丹亭敘

火可畫風不可描氷可鏤空不可斡蓋神君氣母别有追似之手庸工不與耳古今高才莫高於易易者象也象也者像也其次則五經遞廣之此外能言其所像人亦不多左邱明宋玉蒙莊司馬子長陶淵明老杜大蘇羅貫中王實甫我明王元美徐文長湯若士而已若士時文旣絕古文詞詩歌尺牘元貴浩鮮妙處毀頤然稟貽江右開乳六朝賴糟粉肉響屧板袍之意時或有之至其傳奇靈洞散活尖酸史因子

用元以古行筆筆風來層層空到卽若士自謂一生四夢得意處惟在牡丹情深一敘讀未三行人已䰟銷肌粟而安頓齣字亦自確妙不易其欵置數人笑者眞笑笑卽有聲啼者眞啼啼卽有淚歎者眞歎歎卽有氣杜麗娘之妖也柳夢梅之癡也老夫人之軟也杜安撫之古執也陳最良之霧也春香之賊牢也無不從觔節竅髓以探其七情生動之微也杜麗娘雋過言鳥觸似羚羊月可沉天可瘦泉臺可瞑獠牙判髮可狎而處而梅柳二字一靈咬住必不肯使劫

灰燒失柳生見鬼見神痛叫頑紙滿心滿意只要插花老夫人智是血描腸鄰斷草拾得珠還蔗不陪檗杜安撫搖頭山屹强笑河清一味做官半言難入陳教授滿口塾書一身黴氣小要便益大經險怪春香眨眼卽知錐心必盡亦文亦史亦敗亦成如此等人皆若士元空中增減朽塑而以毫風吹氣生活之者也然此猶若士之形似也而其立言神指邯鄲仙也南柯佛也紫釵俠也牡丹亭情也若士以爲情不可以論理死不足以盡情百千情事一死而止則情莫

有深於阿麗者矣況其感應相與得易之咸從一而終得易之恒則不苐情之深而又爲情之至正者今有形一接而卽殉夫以死骨香名永用表千秋安在其無知之性不本於一時之情也則杜麗娘之情正所同也而深所獨也宜乎若士有取爾也至其文治丹融詞珠露合古今雅俗泚筆皆佳沛公殆天授非人力乎若夫綽影布橋食肉帶刺冷哨打世邊鼓撾人不疼不癢處皆文人空四海墳五嶽習氣所在不足爲若士病也往見吾鄉文長批其卷首曰此牛有

萬夫之稟雖爲妬語大覺頫心而若士曾語盧氏李恒嶠云四聲猿乃詞塲飛將輒爲之唱演數通安得生致文長自拔其舌其相引重如此予不知音律苐粗以文義測之雖不能爲周公瑾而猶不至如馬子侯僭加評校以復兩張新湯之請便卽交付一語若士見改竄牡丹詞者失笑一絕醉漢瓊筵風味殊通仙鐵簘海雲孤總饒割就時人景却愧王維舊雪圖持此作偈乞韋馱尊者永鎮此亭天下之寶當爲天下護之也天啓癸亥陽生前六日諶菴居士題於清暉閣中

題詞

天下女子有情寧有如杜麗娘者乎夢其人卽病病卽彌連至手畫形容傳於世而後死死三年矣復能溟莫中求得其所夢者而生如麗娘者乃可謂之有情人耳情不知所起一往而深生者可以死死可以生生而不可與死死而不可復生者皆非情之至也夢中之情何必非眞天下豈少夢中之人耶必因薦枕而成親待掛冠而爲密者皆形骸之論也傳杜太

守事者彷彿晉武都守李仲文廣州守馮孝將兒女事子稍爲更而演之至於杜守收考柳生亦如漢睢陽王收考談生也嗟夫人世之事非人世所可盡自非通人恒以理相格耳苐云理之所必無安知情之所必有邪萬歷戊戌秋清遠道人題

重刻清暉閣批點牡丹亭凡例

一牡丹亭傳奇以詩人忠厚之旨爲詞人麗則之言句必尖新義歸渾雅高東嘉爲曲聖湯玉茗爲曲仙洵樂府中醇乎醇者是編悉依原刻或有一二字句似乎失檢之處則謹遵乾隆四十六年

進呈訂本此外不敢妄有增刪幸識者鑒之

一是劇刻本極多其師心改竄自陷於庸妄如臧晉叔輩著壇已明斥之矣近世又有三婦評本

識陋學膚妄自矜詡具眼者諒能別白但其中校訂字句紕繆處固多可採處亦或間有是編於可採處必加纂錄且爲標出簡端至乖謬特甚者亦予拈出瑕瑜不掩葑菲可收意在發揮古人不與評家較量長短也

一集唐詩注出作者姓名三婦本頗爲有功今採補之

一山陰之評著語不多幽微畢闡俾臨川心匠躍然楮墨間觀止矣無以加矣然細流土壤或補

高深爝火桔槔或資明潤快雨氷絲各有所見
不必與古強同也弗揣固陋附綴數言然必汪
明某某加圈某某加評使古人廬山眞面與管
蠡私臆了了分明庶閱者知所決擇

一山陰自謂不知音律以文義測之此實語非謙
詞也然文各有體既已塡詞卽當以曲律爲文
律矣是編叅考曲律不厭詳明俾曲律彰而文
律倍顯非敢增益山陰仍是發揮玉茗云爾

一玉茗博極羣言微獨經史子集輿衍閎深卽至

梵筴丹經稗官小說無不貫穿洞徹閒有一二
僻書難字偶爲儉腹所知者亦爲拈出此外掛
漏尚多專望海內博物君子惠我弗逮

一玉茗所署曲名因塡詞時得意疾書不甚檢核
宮譜以故訛舛致多然祓之管弦竟無一字不
合且無一音不妙益服玉茗之神明於曲律也
近日吳中葉氏納書楹譜考訂極精爰另爲鋟
板行世是刻曲名且仍舊貫卽宮調亦不復補
汪焉

一著壇不取繡像然左圖右書自古有之今爲增補

一著壇校字自謂功臣然魯魚之誤依然不少甚矣校書之難也是刻於文義灼有關係或諸家互異折衷一是者特爲標出簡端其間明係傳刻之譌校對時偶然失檢者但予改正不復標明厭繁瑣且不欲暴已長也

又著壇原刻凡例七條並列於後

一是刻悉遵玉茗堂原本間有刪改非音旁則標

額雖屬山陰解牛亦爲臨川存羊凡時本或疎於校讎如柳浪館或謬爲增減如臧吳興釐藍生二種皆臨川之仇也

一批不取多取要點不取濫取當世人耳熟口頌不辨瑕瑜輒稱佳妙不知臨川亦有自露習氣處如不攻其瑕將併埋其瑜卽字評字點總屬缺陷吾師精於點評而復嚴於刪改臨川有靈當默饋心血數斗

一曲爭尚像聊以寫塲上之色笑亦坊中射利巧

術也臨川傳奇原字字有像不於曲摹像而徒就像畫曲人則誠愚帥惟審曾云此案頭之書非場上之曲本壇刻曲不刻像正不欲人作傳奇觀耳

一凡刻書序跋俱寬行大草令覽者目眩縱饒名筆亦非雅觀故諸序悉照本內行格

一本壇原擬竝行四夢迺牡丹亭甫就本而識者已口貴其紙人人騰沸因以此本先行海內同調須善藏此本俟三夢告竣彙成一集佳刻不再珍重珍重

一校書如拂几塵如掃落葉是曲校過付抄抄後復校校過付刻刻後復校時則經年勞非一手其間魯魚帝虎之類蒐核殆盡庶不負玉茗堂苦心清暉閣慧眼區區後學亦不失為兩先生功臣也

一翻刻乃賈人俗子事大足痛恨遠至之客或利其價之稍減而不知其紙板殘缺字畫糢糊批點遺失本壇獨不禁翻刻惟賈者各認原板則

翻者不究自息矣

玉茗堂還魂記目錄卷上

俱有來歷

通篇把名姓、做箇烟波

玉茗堂還魂記卷上

清暉閣原本　　快雨堂　氷絲館　重刊

第一齣　標目

蝶戀花（末上）忙處抛人閒處住、百計思量、沒箇爲歡處、白日消磨腸斷句、世間只有情難訴、　玉茗堂前朝復暮、紅燭迎人、俊得江山助、但是相思莫相負、牡丹亭上三生路、（漢宮春）杜寶黃堂、生麗娘小姐、愛踏春陽感夢書生折柳、竟爲情傷、寫眞留記、葬梅花道

院淒涼、三年上、有夢梅柳子、於此赴高唐、　果爾回生定配、赴臨安取試、寇起淮揚、正把杜公圍困、小姐驚惶、敎柳郎行探、反遭疑激、惱平章、風流況、施行正苦、報中狀元郎、

杜麗娘夢寫丹青記、　陳敎授說下梨花槍、

柳秀才偷載回生女、　杜平章刁打狀元郎、

第二齣　言懷

眞珠簾（生上）河東舊族、柳氏名門最、論星宿、連張帶鬼、幾葉到寒儒、受雨打風吹、謾說書中能富貴、顏如

冰絲館云原名諸本皆作春字似欠顯豁且與後春卿為字重複今從三婦本改訂

玉茗堂還魂記卷上

玉和黃金那裏貧薄把人灰且養就這浩然之氣〔鷓鴣天〕刮盡鯨鰲背上霜寒儒偏喜住炎方憑依造化三分福紹接詩書一脈香能鑿壁會懸梁偷天妙手繡文章必須砍得蟾宮桂始信人間玉斧長小生姓柳名夢梅原名春卿係唐朝柳州司馬柳子厚之後留家嶺南父親朝散之職母親縣君之封〔歎介〕所恨俺自小孤單生事微渺喜的是今日成人長大二十過頭智慧聰明三場得手只恨未遭時勢不免飢寒賴有始祖柳州公帶下郭橐駝柳州衙舍栽接花果

昏。天。黑。地。理。下。一。根。只。淡。淡。幾。語。若。村。人。發。想。必。要。對。夢。一。篇。了。

快雨堂云山陰舊本順文理爲句讀往往不合九宮今俱核正所謂曲律彰而文律顯也

輕薄

橐駝遺下一箇駝孫也、跟隨俺廣州種樹、相依過活、雖然如此、不是男兒結果之場、每日情思昏昏、忽然半月之前、做下一夢、夢到一園梅花樹下、立著箇美人、不長不短、如送如迎、說道柳生柳生、遇俺方有姻緣之分、發跡之期、因此改名夢梅、春卿爲字、正是夢短夢長俱是夢、年來年去是何年、

【九迴腸】解三醒 雖則俺改名換字、俏魂兒未卜先知、定佳期盼煞蟾宮桂、柳夢梅不賣查梨、還則怕嫦娥妬色花頹氣、等的俺梅子酸心柳皺眉、渾如醉、三學士 無螢鑿徧了鄰家壁、甚東墻不許人窺、有一日春光暗度黃金柳、雪意衝開了白玉梅、急三鎗 那時節走馬在章臺內、絲兒翠籠定箇百花魁、雖然這般說、有箇朋友韓子才、是韓昌黎之後、寄居趙佗王臺、他雖是香火秀才、却有些談吐、不免隨喜一會、

門前梅柳爛春暉張窈窕　夢見君王覺後疑王昌齡

心似百花開未得曹松　托身須上萬年枝韓偓

第三齣 訓女

【滿庭芳】外扮杜太守上 西蜀名儒、南安太守、幾番廊

冰絲館云思字係山陰所易較勝惟字然必小註于旁不敢竟爲更竄古人虛心如此

玉茗堂還魂記卷上

廟江湖、紫袍金帶、功業未全無、華髮不堪回首、意抽簪萬里橋西、還只怕君恩未許、五馬欲踟躕、一生名宦守南安、莫作尋常太守看、到來只飲官中水、歸去思惟看屋外山、自家南安太守杜寶、表字子充、乃唐朝杜子美之後、流落巴蜀、年過五旬、想廿歲登科、三年出守、清名惠政、播在人間、內有夫人甄氏、乃魏朝甄皇后嫡派、此家峨眉山、見世出賢德、夫人單生小女、才貌端妍、喚名麗娘、未議婚配、看起自來淑女無不知書、今日政有餘閒、不免請出夫人、商議此事、正是

兩片打括一片所謂融合隨處可得

江西氣氷絲館云未免文人相輕

小因子字幾不成語

中郎學富單傳女，伯道官貧更少兒。

遶地遊【老旦上】甄妃洛浦，嫡派來西蜀，封大郡南安杜母。【見介】【外】老拜名邦無甚德，【老旦】妾沾封誥有何功。【外】春來閨閣閒多少。【老旦】也長向花陰課女紅。【外】女紅一事，想女兒精巧過人，看來古今賢淑，多曉詩書。他日嫁一書生，不枉了談吐相稱。你意下如何。【老旦】但憑尊意。

前腔【貼持酒臺隨旦上】嬌鶯欲語，眼見春如許。寸艸心，怎報的春光一二。【見介】爹娘萬福。【外】孩兒，後面捧

著酒肴，是何主意。【旦跪介】今日春光明媚，爹娘寬坐後堂，女孩兒敢進三爵之觴，少效千春之祝。【外笑介】生受你。

玉山頹【旦進酒介】爹娘萬福，女孩兒無限歡娛。坐黃堂百歲春光，進美酒一家天祿。祝萱花椿樹，雖則是子生遲暮，守得見這蟠桃熟。【合】且提壺花間竹下長引著鳳凰雛。【外】春香，酌小姐一杯。

前腔 吾家杜甫，為飄零老愧妻孥。【淚介】夫人，我比子美公公更可憐也。他還有念老夫詩句男兒，俺則有

道句、杜得好、

㕛雨堂云友人嚴道甫謂白作麽音元人有之
就想

學母氏畫眉嬌女、老旦相公休焦、儻然招得好女壻、與兒子一般、外笑介可一般呢、老旦做門楣古語爲甚的這叨叨絮絮纔到的中年路、合前外女孩兒把臺盞收去、旦下介外叫春香、俺問你小姐終日繡房有何生活、貼繡房中、則是繡、外繡的許多、貼繡了打綿、外甚麽綿、貼睡眠。外好哩好哩、夫人你纔說長向花陰課女紅、却縱容女孩兒閒眠、是何家教、叫女孩兒、旦上爹爹有何分付、外適問春香、你白日眠睡、是何道理、假如刺繡餘閒、有架上圖書、可以寓目、他日到人家、知書知禮、父母光輝、這都是你娘親失教也、

玉胞肚外宦囊清苦、也不曾詩書誤儒、你好些時做客爲兒。有一日把家當戸。是爲爹的疎散不兒拘、道的箇爲娘是女模、

前腔老旦眼前兒女、俺爲娘心蘇體劬、嬌養他掌上明珠、出落的人中美玉、兒呵爹三分說話你自心模難道八字梳頭做目呼、

前腔旦黄堂父母、倚嬌癡慣習如愚、剛打的鞦韆畫圖、閒榻著鴛鴦繡譜、從今後茶餘飯飽破工夫、玉鏡

淺妙

快雨堂云元人秘寄冰絲館云尾紡磚也見毛詩注疏

快雨堂云按中州韻吞字入侵尋不入眞文

臺前插架書、（老旦）雖然如此、要箇女先生講解纔好、（外）不能勾、

【前腔】（外）後堂公所請先生則是黌門腐儒、（老旦）女兒呵、怎念遍的孔子詩書但略識周公禮數（合）不枉了銀娘玉姐只做箇紡磚兒謝女班姬女校書、（外）請先生不難則要好生管待、

【尾聲】（外）說與你夫人愛女休禽犢館明師茶飯須清楚你看俺治國齊家也則是數卷書、

往年何事乞西賓柳宗元 主領春風只在君王建

伯道暮年無嗣子苗發 女中誰是衛夫人劉禹錫

第四齣 腐歎

【雙勸酒】（末扮老儒上）燈窗苦吟寒酸撒吞科場苦禁蹉跎直恁可憐辜負看書心吼兒病年年進侵咳嗽病多疎酒盞村童俸薄減廚烟爭知天上無人住弔下春愁鶴髮仙自家南安府儒學生員陳最良表字伯粹祖父行醫、小子自幼習儒十二歲進學、超增補廩觀場一十五次、不幸前任宗師考居劣等停廩、兼且兩年失館、衣食單薄、這些後生都順口叫我陳絕

毒

糧。因我醫卜地理。所事皆知。又改我表字伯粹。做了雜碎。明年是第六箇旬頭、也。不想甚的了。有箇祖父藥店。依然開張在此、儒、變醫、菜、變虀、這都不在話下、昨日聽見本府杜太守、有箇小姐、要請先生、好些奔競的鑽去、他可為甚的、鄉邦好說話、一也。通關節、二也。撞太歲、三也。穿他門子管家、改竄文卷、四也。別處吹嘘進身、五也。下頭官兒怕他、六也。家裏騙人、七也。為此七事、沒了頭要去、他們都不知、官衙可是好踏的。況且女學生一發難教、輕不得重不得。儻然間體

面有些不臻。啼不得。哭不得。似我老人家罷了、正是有書遮老眼、不妨無藥散閒愁、【丑扮府學老門子上】天、下、秀、才、窮、到、底、學、中、門、子、老、成、精、【見介】陳齋長報喜、【末】何喜、【丑】杜太爺要請箇先生教小姐、掌教老爺開了十數名去都不中、說要老成的、我去掌教老爺處稟上了你、太爺有請帖在此、【末】人、之、患、在、好、為、人師、【丑】人之飯、有得你喫哩、【末】這等便行、【行介】

洞仙歌【末】咱頭巾破了修、靴頭綻了兜、【丑】你坐老齋頭、衫襟沒了後頭、【介】硯水漱淨口、去承官飯溲、剔牙

留不留下丑當云定留定留下亦該丑唱

快雨堂云合頭自應合唱句儕亦苟且

冰絲館云前人論文之刻如此

杖、敢黃虀臭、

【前腔】【丑】咱門兒尋事頭、你齋長干罷休、【末】要我謝酬、知那裡留不留【合】不論端陽九。但逢出府遊。則捻著衫兒袖。【丑】望見府門了、

世間榮樂本逡巡 李商隱　誰採髭鬚白似銀 曹唐
風流太守容閒坐 朱慶餘　便有無邊求福人 韓愈

第五齣 延師

【浣沙溪】外引貼扮門子丑扮皂隸上　山色好、訟庭稀、朝看飛鳥暮飛回、印牀花落簾垂地、杜母高風不可攀、甘棠遊憩在南安、雖然爲政多陰德、尚少堦前玉樹蘭、我杜寶出守此間、只有夫人一女、尋箇老儒教訓他、昨日府學開送一名廩生陳最良、年可六旬、從來飽學、一來可以教授小女、二來可以陪伴老夫、今日放了衙參、分付安排禮酒、叫門子伺候、【衆應介】

【前腔】末儒巾藍衫上　須抖擻、要拳奇、衣冠欠整老而衰、養浩然分庭還抗禮、【丑稟介】陳齋長到門、【外】就請衙內相見、【丑唱門介】南安府學生員進、【下】【末跪起揖又跪介】生員陳最良稟拜、【拜介】【末】廣學開書院、【外】崇

儒引席珍、末獻酬樽俎列、外賓主位班陳、叫左右、陳
齋長在此清敘、著門役散回、家丁伺候、衆應下淨扮
家童上、外久聞先生飽學、敢問尊年有幾、祖上可也
習儒、末容稟、
瑣南枝將耳順、望古稀、儒冠悞人霜鬢絲、外近來、末
君子要知醫、懸壺舊家世、外原來世醫、還有他長、末
凡雜作、可試爲、但諸家略通的、外這等一發有用、
前腔聞名久、識面初、果然大邦生大儒、末不敢、外有
女頗知書、先生長訓詁、末當得、則怕做不得小姐之

師、外那女學士、你做的班大姑、今日選良辰、叫他拜
師傅、外院子、敲雲板、請小姐出來、
前腔旦引貼上添眉翠、搖佩珠、繡屏中生成士女圖、
蓮步鯉庭趨、儒門舊家數、貼先生來了、怎好、旦少不
得去、丫頭、那賢達女、都是些古鏡模、你便略知書、也
做好奴僕、淨報介小姐到、見介外我兒過來、玉不琢、
不成器、人不學、不知道、今日吉辰、來拜了先生、內鼓
吹介旦拜、學生自媿蒲柳之姿、敢煩桃李之教、末愚
老恭承捧珠之愛、謬「加」琢玉之「功」、外春香丫頭、向陳

巧

冰絲館云先逗後花園三字

因想至韓

師父叩頭、著他伴讀、〔貼叩頭介〕〔末〕敢問小姐所讀何書、〔外〕男女四書他都成誦了、則看些經旨罷、易經以道陰陽、義理深奧、書以道政事、與婦女沒相干、春秋禮記、又是孤經、則詩經開首便是后妃之德、四箇字兒順口、且是學生家傳、習詩罷、其餘書史儘有、則可惜他是箇女兒、

〔前腔〕〔外〕我年將半、性喜書、牙籤插架三萬餘、〔嘆介〕我伯道恐無兒、中郎有誰付、先生、他要看的書儘看、有不臻的所在、打了頭、〔貼〕哎喲、〔外〕冠兒下、他做箇女祕

書、小梅香要防護、〔末〕謹領、〔外〕春香伴小姐進衙、我陪先生酒去、〔旦拜介〕酒是先生饌、女爲君子儒、〔下〕〔外〕請先生後花園飲酒、

門館無私白日閒、薛能　百年麤糲腐儒餐、杜甫

左家弄玉惟嬌女、柳宗元　花裏尋師到杏壇、錢起

第六齣　悵眺

〔番卜算〕丑扮韓秀才上家世大唐年、寄籍潮陽縣、越王臺上海連天、可是鵬程便、榕樹梢頭訪古臺、下看甲子海門開、越王歌舞今何在、時有鷓鴣飛去來、自

吳雨堂云敘家世謬悠可笑正合元人法度即此一事斷非後人所能學也

玉茗堂還魂記卷上

家韓子才俺公公唐朝韓退之爲上了破佛骨表、貶落潮州、一出門藍關雪阻、馬不能前、先祖心裏暗暗道、第一程采頭罷了、正苦中間、忽然有箇湘子姪兒、乃下八洞神仙、藍縷相見、俺退之公公一發心裏不快、呵融凍筆、題一首詩在藍關艸驛之上、末二句單指著湘子說道、知汝遠來應有意、好收吾骨瘴江邊、湘子袖了這詩、長笑一聲、騰空而去、果然後來退之公公潮州瘴死、舉目無親、那湘子恰在雲端看見、想起前詩、按下雲頭、收其骨殖、到得衙中、四顧無人、單

笑七子調

來得爽縱

單則有湘子原妻一箇在衙、四目相覷、把湘子一點凡心頓起、當時生下一支、留在水潮、傳了宗祀、小生乃其嫡派苗裔也、因亂流來廣城、官府念是先賢之後、表請、勅、封、小生爲昌黎祠香火秀才、寄居趙佗王臺子之上、正是雖然乞相寒儒、却是仙風道骨、呀早一位朋友上來、誰也、

前腔【生上】經史腹便便、晝夢人還倦、欲尋高聳看雲煙、海色光平面、【相見介】【丑】是柳春卿、甚風兒吹的老兄來、【生】偶爾孤游上此臺、【丑】這臺上風光儘可矣、【生】

則無奈登臨不快哉、【丑】小弟此間受用也、【生】小弟想起來、到是不讀書的人受用、【丑】誰、【生】趙佗王便是、

鎖寒牕、祖龍飛、鹿走中原、尉佗呵、他倚定著摩崖半壁天稱孤道寡、是他英雄本然、白占了江山、猛起些宮殿、似吾儕讀盡萬卷書、可有半塊土麼、那半部上山河不見、【合】由天、那攀今弔古也徒然、荒臺古樹寒烟、【丑】小弟看兄氣象言談、似有無聊之嘆、先祖昌黎公有云、不患有司之不明、只患文章之不精、不患有司之不公、只患經書之不通、老兄還則怕工夫有不

快雨堂云一路敘事謌然得元人甚深三昧洪昉思未經夢見在餘子何足道哉

到處、（生）這詩休提、比如我公公柳子厚、與你公公韓退之、他都是飽學才子、却也時運不濟、你公公錯題了佛骨表、貶職潮陽、我公公則爲在朝陽殿與王叔文丞相下碁子、驚了聖駕、直貶做柳州司馬、都是邊海烟瘴地方、那時兩公一路而來、旅舍之中、兩箇挑燈細論、你公公說道、宗元宗元、我和你兩人文章、三六九比勢、我有王泥水傳。你便有梓人傳。我有毛中書傳。你便有郭駝子傳。我有祭鱷魚文。你便有捕蛇者說。這也罷了。則我進平淮西碑。取奉朝廷、你却又

進箇平淮西的雅。一篇一篇、你都放俺不過。恰如今貶竄煙方、也合著一處、豈非時乎運乎命乎、韓兄、這長遠的事休提了、假如俺和你論如常、難道便應這等寒落、因何俺公公造下一篇乞巧文、到俺二十八代元孫再不會乞得一些巧來、便是你公公立意做下送窮文到老兄二十幾輩了、還不會送的箇窮去、算來都則爲時運二字所虧、（丑）是也、春卿兄、

（前腔）你費家資製買書田、怎知他賣向明時不直錢、雖然如此、你看趙佗王當時、也有箇秀才陸賈、拜爲

爲鼓平詞作水滸等傳伎倆

奉使巾、大夫到此、趙佗王多少尊重他、他歸朝燕黃金累千、那時漢高皇厭見讀書之人、但有箇帶儒巾的。都拿來溺尿。這陸賈秀才端然帶了四方巾、深衣大擺、去見漢高皇、那高皇望見、這又是箇掉尿鱉子的來了。便迎著陸賈罵道、你老子用馬上得天下、何用詩書、那陸生有趣。不多應他。只回他一句。陛下馬上取天下、能以馬上治之乎、漢高皇聽了、啞然一笑、說到便依你說、不管什麼文字、念了與寡人聽之、陸大夫不慌不忙袖裡出一卷文字、恰是平日燈牕下

纂集的新語一十三篇、高聲奏上、那高皇纔聽了一篇、龍顏大喜、後來一篇一篇、都喝采稱善、立封他做箇關內侯、那一日好不氣象、休道漢高皇便是那兩班文武、見者皆呼萬歲、一言擲地萬歲喧天（生）嘆介

則俺連篇累牘無人見。（合前）（丑）再問春卿、在家何以爲生、（生）寄食園公、（丑）依小弟說、不如干謁些須、可圖前進、（生）你不知、今人少趣哩、（丑）老兄可知有箇欽差識寶中郎苗老先生、到是箇知趣人兒、今秋任滿、例於香山嶴多寶寺中賽寶、那時一往何如、（生）領教、

生描盡寫

應念愁中恨索居。段成式 青雲器業我全疎。李商隱
越王自指高臺笑。皮日休 劉項原來不讀書。章碣

第七齣 閨塾

末上 吟餘改抹前春句。飯後尋思午晌茶。蟻上案頭沿硯水、蜂穿牕眼咂瓶花、我陳最良杜衙設帳、杜小姐家傳毛詩、極承老夫人管待、今日早膳已過、我且把毛註潛玩一遍、念介 關關雎鳩、在河之洲、窈窕淑女、君子好逑、好者好也、逑者逑也、看介 這早晚了、還不見女學生進館、却也嬌養的緊、待我敲三聲雲板、敲雲板介 春香請小姐上書、

遶地遊 旦引貼捧書上 素妝纔罷、款步書堂下、對淨几明牕瀟灑、貼 昔氏賢文、把人禁殺、恁時節則好教鸚哥喚茶。見介 旦 先生萬福、貼 先生少怪、末 凡爲女子、鷄初鳴、咸盥漱櫛笄、問安於父母、日出之後、各供其事、如今女學生以讀書爲事、須要早起、旦 以後不敢了、貼 知道了、今夜不睡、三更時分、請先生上書、末 昨日上的毛詩、可溫習、旦 溫習了、則待講解、末 你念來、旦 念書介 關關雎鳩、在河之洲、窈窕淑女、君子好

妙絕

上經關會

迷、末聽講、關關雎鳩、雎鳩是箇鳥、關關鳥聲也、貼怎樣聲兒、末作鳩聲、貼學鳩聲諢介、末此鳥性喜幽靜、在河之洲、貼是了、不是昨日是前日、不是今年是去年、俺衙內關著箇斑鳩兒、被小姐放去、一去去在何知州家、末胡說、這是興、貼興箇甚的那、末興者起也、起那下頭窈窕淑女、是幽閒女子、有那等君子好好的迷他、貼爲甚好好的迷他、末多嘴哩、旦師父、依註解書、學生自會、但把詩經大意、敷演一番、

掉角兒末論六經、詩經最葩、閨門內許多風雅、有指

證姜嫄產哇、不嫉妒后妃賢達、更有那詠雞鳴、傷燕羽泣江皐、思漢廣、洗淨鉛華、有風有化、宜室宜家、旦這經文偌多、末詩三百、一言以蔽之、沒多些、只無邪兩字、付與兒家、書講了、春香取文房四寶來模字、貼下取上紙墨筆硯在此、末這甚麼墨、旦丫頭錯拿了、這是螺子黛、畫眉的、末這甚麼筆、旦作笑介這便是畫眉細筆、末俺從不曾見、拿去拿去、這是甚麼紙、旦薛濤箋、末拿去拿去、只拿那蔡倫造的來、這是甚麼硯、是一箇是兩箇、旦鴛鴦硯、末許多眼、旦淚眼、末哭

學生鑽包先生迹勢

正是文章淩空起峭處妙絕妙絕

什麼子、一發換了來、貼背介好箇標老兒、待換去下換上這可好、末看介著、旦學生自會臨書、春香還勞把筆、末看你臨、旦寫字介末看驚介我從不曾見這樣好字、這甚麼格、旦是衛夫人傳下美女簪花之格貼待俺寫箇奴婢學夫人、旦還早哩、貼先生學生領出恭牌、下旦敢問師母尊年、末目下平頭六十、旦學生待綉對鞋兒上壽、請箇樣兒、末生受了、依孟子上樣兒做箇不知足而為屨罷了、旦還不見春香來、末要喚他麼、末叫三度介貼上害淋的、旦作惱介劣丫

頭那裡來、貼笑介溺尿去來、原來有座大花園、花明柳綠、好耍子哩、末哎也不攻書、花園去、待俺取荊條來、貼荊條箇甚麼

前腔女郎行那裡應文科判衙、止不過識字兒書塗嫩鴉、起介末古人讀書有囊螢的、趁月亮的、貼待映月耀蟾蜍眼花、待囊螢把蟲蟻兒活支煞、末懸梁刺股呢、貼比似你懸了梁、損頭髮、刺了股、添疤納有甚光華、內叫賣花介貼小姐你聽一聲聲賣花、把讀書聲差、末又引逗小姐哩、待俺當眞打一下、末做打介

腐妙

貼悶介你待打、打這哇哇桃李門墻。嶮把負荆人諕煞。貼搶荆條投地介旦死了頭、唐突了師父、快跪下、貼跪介旦師父看他初犯、容學生責認一遭兒。

前腔手不許把鞦韆索拿、腳不許把花園路踏。貼則瞧。罷。旦還嘴、這招風嘴、把香頭來綽疤、招花眼、把綉針兒簽瞎。貼瞎了中甚用。旦則要你守硯臺、跟書案、伴詩云、陪子曰、沒的爭差。貼爭差些罷。旦掐貼髮介則問你幾絲兒頭髮、幾條背花、敢也怕些些夫人堂上那些家法。貼再不敢了。旦可知道。末也罷、鬆這一

遭兒、起來。貼起介

尾聲末女弟子則爭箇不求聞達、和男學生一般兒教法、你們工課完了、方可回衙、咱和公相陪話去、合怎辜負的這一弄明窗新絳紗。末下貼作背後指末罵介村老牛、癡老狗、一些趣也不知。旦作扯介死了頭、一日爲師、終身爲父、他打不的你、俺且問你、那花園在那裡。貼做不說、旦笑問介、貼指介兀的不是。旦可有什麼景致。貼景致麼、有亭臺六七座、鞦韆一兩架、遶的流觴曲水、面著太湖山石、名花異艸、委實華

不爲游花過峽則此齣庸板可删冰絲館云前人論文之刻如此

麗、旦原來有這等一個所在、且回衙去、

也曾飛絮謝家庭、李山甫欲化西園蝶未成、張泌

無限春愁莫相問、趙嘏綠陰終借暫時行、張蠙

第八齣　勸農

夜遊朝 外引淨扮皂隸貼扮門子同上 何處行春開五馬、采邠風物候穠華、竹宇聞鳩、朱幡引鹿、且留憩甘棠之下、重

古調笑 時節時節、過了春三二月、乍晴膏雨烟濃、太守春深勸農、農重農重、緩理征徭詞訟、俺南安府在江廣之間、春事頗早、想俺爲太守的、深居

此等只是心通

府堂、那遠鄉僻塢、有拋荒遊懶的、何由得知、昨已分付該縣置買花酒、待本府親自勸農、想已齊備、丑扮縣吏上承行無令史、帶辦有農民、禀爺爺、勸農花酒、俱已齊備、外分付起行、近鄉之處、不許多人囉唣、衆應喝道起行介外正是爲乘陽氣行春令、不是閒遊玩物華、下

前腔生末扮父老上白髮年來公事寡、聽兒童笑語諠譁、太守巡遊、春風滿馬、敢借著這務農宣化、俺等乃是南安府清樂鄉中父老、恭喜本府杜太爺管治

三年、慈祥端正、弊絕風清、凡各村鄉約保甲、義倉社學、無不舉行、極是地方有福、現今親自各鄉勸農、不免官亭伺候、那祇候們扛擡花酒到來也、

普賢歌丑老旦扮公人扛酒提花上俺天生的快手賊無過、衙舍裏消消沒的睃、扛酒去前坡做跌介幾乎破了哥、摔破了花花你賴不的我、生末列位祇候哥到來、老旦丑便是這酒埕子漏了、則怕酒少、煩老官兒遮蓋些、生末不妨、且擡過一邊、村務裏嗑酒去、老旦丑下生末地方端正坐椅、太爺到來、虛下

快雨堂云箇字押韻歌麻古通琵琶體也俗妄增佳話及非假者謬甚

排歌 外引衆上 紅杏深花、菖蒲淺芽、春疇漸緩年華、竹籬茅舍酒旗兒叉、雨過炊烟一縷斜、生末接介 合 提壺叫、布穀喳、行看幾日免排衙、休頭踏、省諠譁、怕驚他林外野人家、皂隸介 稟爺、到官亭、生末見介 外 衆父老、此爲何鄉何都、生末 南安縣第一都清樂鄉、外 待我一觀、望介 外 美哉此鄉、眞箇清而可樂也、長相思 你看山也清、水也清、人在山陰道上行、春雲處處生、生末 正是官也清、吏也清、村民無事到公庭、農歌三兩聲、外 父老、知我春遊之意乎、

八聲甘州 平原麥洒、翠波搖剪剪、綠疇如畫、如酥嫩雨、遶塍春色蘼苴、趁江南土疎田脈佳、怕人戶們抛荒力不加、還怕有那無頭官事、誤了你好生涯、生末 以前晝有公差、夜有盜警、老爺到後呵、前腔 千村轉歲華、愚父老香盆兒童竹馬、陽春有腳、經過百姓人家、月明無犬吠、杏花雨過有人耕綠野、眞箇村村雨露桑麻、內歌泥滑喇介 外 前村田歌可聽、

孝白歌 淨扮田夫上 泥滑喇、腳支沙、短耙長犁滑律

不放過

的拿夜雨撒菰蔴天晴出糞渣香風醃鮓（外）歌的好、夜雨撒菰麻天晴出糞渣香風醃鮓是說那糞臭父老呵他却不知這糞是香的有詩爲証焚香列鼎奉君王饌玉炊金飽即妨直到饑時聞飯過龍涎不及糞渣香與他插花賞酒（淨插花賞酒笑介）好老爺好酒（合）官裏醉流霞風前笑插花把農夫們俊煞（下）（門子禀介）一箇小廝唱的來也

前腔（丑扮牧童拿笛上）春鞭打笛兒吵倒牛背斜陽閃暮鴉（笛指門子介）他一樣小腰掇一般雙髻鬔能

騎大馬（外）歌的好怎生指著門子唱一樣小腰掇一般雙髻鬔能騎大馬父老他怎知騎牛的到穩有詩爲証常羨人間萬戶侯只知騎馬勝騎牛今朝馬上看山色爭似騎牛得自由賞他酒插花去（丑插花飲酒介）（合）官裏醉流霞風前笑插花村童們俊煞（下）（門子禀介）一對婦人歌的來也

前腔（旦老旦採桑上）那桑陰下柳篓兒搓順手腰身剪一丫呀什麼官員在此俺羅敷自有家便秋胡怎認他提金下馬（外）歌的好說與他不是魯國秋胡不

是秦家使君、是本府太爺勸農、見此勤劬採桑、可敬也、有詩爲証、一般桃李聽笙歌、此地桑陰十畝多、不比世間閒艸木、絲絲葉葉是綾羅、領酒插花去、〔二旦背插花飲酒介〕〔合〕官裏醉流霞風前笑插花採桑人俊煞〔下〕〔門子稟介〕又一對婦人唱的來也、

前腔〔老旦丑持筐採茶上〕乘穀雨採新茶一旗半槍金縷芽、呀、什麼官員在此、學士雪炊他書生困想他、竹烟新瓦〔外〕歌的好、說與他、不是郵亭學士、不是陽羨書生、是本府太爺勸農、看你婦女們採桑採茶、勝如採花、有詩爲証、只因天上少茶星、地下先開百艸精、閒煞女郎貪鬬艸、風光不似鬬茶清、領了酒插花去、〔旦丑插花飲酒介〕〔合〕官裏醉流霞風前笑插花採茶人俊煞、〔下〕〔生末跪介〕稟老爺、衆父老茶飯伺候、〔外〕不消、餘花餘酒、父老們領去給散小鄉村、也見官府勸農之意、叫祗候們起馬、〔生末做攀留不許介〕〔起叫介〕村中男婦領了花賞了酒的、都來送太爺、

清江引〔前各衆插花上〕黃堂春遊韻瀟洒、身騎五花馬、村務裏有光華、花酒藏風雅、男女們請了、你德政

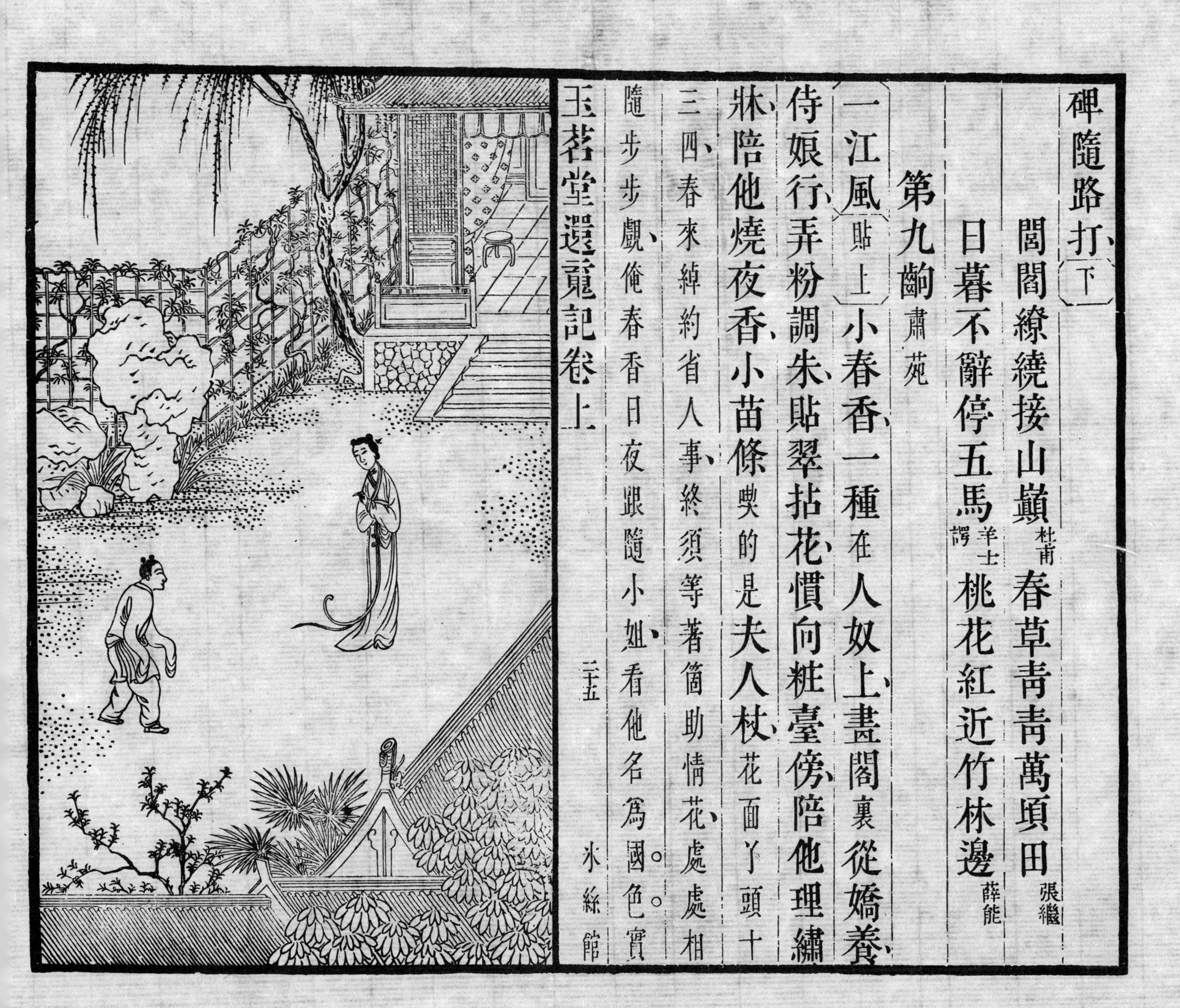

碑隨路打、〔下〕

閭閻繚繞接山巔 杜甫 春草青青萬頃田 張繼
日暮不辭停五馬 羊士諤 桃花紅近竹林邊 薛能

第九齣 肅苑

〔一江風〕〔貼上〕小春香、一種在人奴上、畫閣裏從嬌養、侍娘行、弄粉調朱、貼翠拈花、慣向粧臺傍、陪他理繡牀、陪他燒夜香、小苗條喫的是夫人杖、花面丫頭十三四、春來綽約省人事、終須等著箇助情花、處處相隨步步覷、。。俺春香日夜跟隨小姐、看他名爲國色、實

文甚

守家聲。嫩臉嬌羞、老成尊重、只因老爺延師教授、讀到毛詩第一章、窈窕淑女、君子好逑、悄然廢書而嘆、曰、聖人之情、盡見於此矣、今古同懷、豈不然乎、春香因而進言、小姐讀書困悶、怎生消遣則箇、小姐一會沉吟、逡巡而起、便問道、春香、你教我怎生消遣那、俺便應道、小姐、也沒箇甚法兒、後花園走走罷、小姐說、死丫頭、老爺聞知怎好、春香應說、老爺下鄉、有幾日了、小姐低回不語者、久之方纔取過歷書選看、說明日不佳、後日欠好、除大後日、是箇小遊神吉期、預喚

花郎、掃除花徑、我一時應了、則怕老夫人知道、却也由他、且自叫那小花郎分付去、呀、迴廊那廂陳師父來了、正是年光到處皆堪賞、說與癡翁總不知

【前腔】【末上】老書堂暫借扶風帳、日煖鉤簾蕩、呀、那迴廊小立雙鬟、似語無言、近看如何相、是春香、問你恩官在那廂、夫人在那廂、女書生、怎不把書來上【貼】原來是陳師父、俺小姐這幾日沒工夫上書、【末】爲甚、【貼】聽呵、

【前腔】甚年光、忒煞通明相、所事關情況、【末】有甚麼情

亂評妙

寫妙

況、貼老師父還不知老爺怪你哩、末何事、貼說你講毛詩、毛的忒精了、小姐呵、爲詩章講動情賜、末則講了箇關關雎鳩、貼故此了、小姐說關了的雎鳩尚然有洲渚之興。可以人而不如鳥乎。書要埋頭那景致則擡頭望、如今分付明後日遊後花園、末爲甚去遊、貼他平白地爲春傷、因春去的忙、後花園要把春愁漾、末一發不該了、

前腔論娘行出入人觀望、步起須屏障、春香、你師父靠天也六十來歲。從、不曉、得傷箇春、從不曾遊箇花

園。貼爲甚、末你不知孟夫子說的好、聖人千言萬語、則要人收其放心。但如常著甚春傷要甚春遊、你放春歸怎把心兒放、小姐既不上書、我且告歸幾日、春香呵、你尋常到講堂時常向瑣窻、怕燕泥香點涴在琴書上、我去了、繡戶女郎閒鬬艸、下帷老子不窺園、下貼弔場且喜陳師父去了、叫花郎在麼、叫介花郎、

普賢歌丑扮小花郎醉上一生花裏小隨衙、偷去街頭學賣花、令史們將我揸、祇候們將我搭、狠燒刀險把我嫩盤腸生灌殺、見介春姐在此、貼好打、私出衙

梘音減以竹通水也時本作挑誤

前騙酒、這幾日菜也、不、不送、（丑）有菜夫、（貼）水也、不、不梘、（丑）有水夫、（貼）花也、不、送、（丑）毋早送花夫人一分、小姐一分、（貼）還有一分哩、（丑）這該打、（貼）你叫什麼名字、（丑）花郎、（貼）你把花郎的意思謅箇曲兒俺聽、謅的好、饒打、（丑）使得、

梨花兒小花郎看盡了花成淚、則春姐花沁的水洗淚和你這日高頭偷瞑瞑、㖒好花枝乾鱉了作麼朗（貼）待俺還你也哥、

前腔小花郎做盡花兒淚、小郎當夾細的大當郎（丑）

哎喲、（貼）俺待到老爺回時說一淚、（採丑髮介）㖒敢幾箇小榔頭把你分的朗、（丑倒介）罷了、姐姐爲甚事光降小園、（貼）小姐大後日來瞧花園、好些掃除花徑、（丑）知道了、

東郊風物正薰馨、崔日用　應喜家山接女星、陳陶
莫遣兒童觸紅粉、韋應物　便教鸎語太丁寧、杜甫

第十齣　驚夢

屯蒙困姤豫泰同人忽醉忽醒半真半假俱妙更佳

遶地遊（旦上）夢回鸎囀、亂煞年光遍、人立小庭深院、（貼）炷盡沉烟、抛殘繡線、（內讀毛詩）恁今春關情似去年、（烏夜啼）

處聲聲女兒香口
冰絲館云此評可謂無微不到

快雨堂加圈并評起處飄忽無端

〔旦〕曉來望斷梅關宿粧殘、〔貼〕你側著宜春髻子恰憑闌、〔旦〕剪不斷理還亂悶無端、〔貼〕已分付催花鶯燕借春看、〔旦〕春香可曾叫人掃除花徑、〔貼〕分付了、〔旦〕取鏡臺衣服來、〔貼〕取鏡臺衣服上雲髻罷梳還對鏡羅衣欲換更添香鏡臺衣服在此、

〔步步嬌〕〔旦〕裊晴絲吹來閒庭院搖漾春如線停半晌、整花鈿沒揣菱花偷人半面迤逗的彩雲偏〔行介〕步香閨怎便把全身現。〔貼〕今日穿插的好、

〔醉扶歸〕〔旦〕你道翠生生出落的裙衫兒茜。艷晶晶花

要人見

冰絲館加圈片許正是王龍標閨中少婦詩所謂忽見二字從天氣入草木入鳥步步情深次第不亂

只是梅好

頓兩一斷

簪八寶塡可知我常一生兒愛好是天然恰三春好處無人見不隄防沉魚落鴈鳥驚諠則怕的羞花閉月花愁顫貼早茶時了請行行介你看畫廊金粉半零星池館蒼苔一片青踏草怕泥新繡襪惜花疼煞小金鈴旦不到園林怎知春色如許

皂羅袍原來姹紫嫣紅開遍似這般都付與斷井頹垣良辰美景奈何天賞心樂事誰家院恁般景致我老爺和奶奶再不提起合朝飛暮卷雲霞翠軒雨絲風片烟波畫船錦屏人忒看的這韶光賤貼是花都放了那牡丹還早

好姐姐旦遍青山啼紅了杜鵑荼蘼外烟絲醉軟春香呵牡丹雖好他春歸怎占的先貼成對兒鶯燕呵合閒凝眄生生燕語明如剪嚦嚦鶯歌溜的圓旦去罷貼這園子委是觀之不足也旦提他怎的行介

隔尾觀之不足由他繾便賞遍了十二亭臺是枉然到不如興盡回家閒過遣作到介貼開我西閣門展我東閣牀瓶插暎山紫爐添沉水香小姐你歇息片時俺瞧老夫人去也下旦歎介默地遊春轉小試宜

情文飄動人自軟心覺玉合深晦沒理

春面春呵得和你兩留連春去如何遣咳恁般天氣好困人也春香那裡（作左右瞧介）又低首沉吟介天呵春色惱人信有之乎常觀詩詞樂府古之女子因春感情遇秋成恨誠不謬矣吾今年已二八未逢折桂之夫忽慕春情怎得蟾宮之客昔日韓夫人得遇于郎張生偶逢崔氏曾有題紅記崔嶽傳二書此佳人才子前以密約偷期後皆得成秦晉（長嘆介）吾生於宦族長在名門年已及笄不得早成佳配誠爲虛度青春光陰如過隙耳（淚介）可惜妾身顏色如花豈料命如一葉乎

快雨堂云睡情誰見以下本是上四下三七字二句今將四字爲句作四句乃臨川之別體也

【山坡羊】（旦）沒亂裡春情難遣驀地裡懷人幽怨則爲俺生小嬋娟揀名門一例一例裏神仙眷甚良緣把青春拋的遠俺的睡情誰見則索因循靦腆想幽夢誰邊和春光暗流轉遷延這衷懷那處言淹煎潑殘生除問天身子困乏了且自隱几而眠（睡介）（夢生介）（生持柳枝上）鶯逢日暖歌聲滑人遇風晴笑口開一徑落花隨水入今朝阮肇到天台小生順路兒跟著杜小姐回來怎生不見（回看介）呀小姐小姐（旦作驚

氷絲館加圈并評字字刺入麗娘心坎裏下折所謂如遇平生也

雅合騰那一會工夫若會眞記未免倉忙投帖

起介相見介生小生那一處不尋訪小姐來、却在這裏、旦作斜視不語介生恰好花園內、折取垂柳半枝、姐姐、你既淹通書史、可作詩以賞此柳枝乎、旦作驚喜欲言又止介背想這、生、素、昧、平、生、何因到此、生笑介小姐咱愛殺你哩、

山桃紅則爲你如花美眷似水流年是答兒閒尋遍在幽閨自憐。小姐、和你那答兒講話去、旦作含笑不行生作牽衣介旦低問那邊去生轉過這芍藥欄前、緊靠著湖山石邊、旦低問秀才去怎的生低答和你

把領扣鬆衣帶寬袖稍兒搵著牙兒苫也、則待你忍耐溫存一晌眠、旦作羞生前抱旦推介合是那處曾相見相看儼然早難道這好處相逢無一言生强抱旦下末扮花神、束髮冠、紅衣插花上、催花御史惜花天、檢點春工又一年、蘸客傷心紅雨下、勾人懸夢綵雲邊、吾乃掌管南安府後花園花神是也、因杜知府小姐麗娘、與柳夢梅秀才、後日有姻緣之分、杜小姐游春感傷、致使柳秀才入夢、咱花神專掌惜玉憐香、竟來保護他、要他雲雨十分歡幸也、

輕薄大樣忽
作天眼禪眉

冰絲館加圈

定要說出會
眞亦然
冰絲館加圈
并許複此數
語更覺迷離
撒演家有改
作欲去還留
戀者不止點
金成石矣

鮑老催末單則是混陽蒸變看他似蟲兒般蠢動把
風情搧一般兒嬌凝翠綻魂兒顫這是景上緣想內
成因中見呀淫邪展汚了花臺殿咱待拈片落花兒
驚醒他向鬼門丟花介他夢酣春透了怎留連拈花
閃碎的紅如片秀才纔到的半夢兒夢畢之時好送
杜小姐仍歸香閣吾神去也下
山桃紅生旦攜手上這一霎天留人便艸藉花眠小
姐可好旦低頭介生則把雲鬟點紅鬆翠偏小姐休
忘了呵見了你緊相偎慢廝連恨不得肉兒般團成

片也逗的箇日下胭脂雨上鮮旦秀才你可去呵合
是那處曾相見相看儼然早難道這好處相逢無一
言生姐姐你身子乏了將息將息送旦依前作睡介
輕拍旦介姐姐俺去了作回顧介姐姐你好十分將
息我再來瞧你那行來春色三分雨睡去巫山一片
雲下旦作驚醒低叫介秀才秀才你去了也又作癡
睡介老旦上夫壻坐黃堂嬌娃立繡窗怪他裙衩上
花鳥繡雙雙孩兒孩兒你爲甚瞌睡在此旦作醒叫
秀才介咳也老旦孩兒怎的來旦作驚起介奶奶到

情態下宜添什麼秀才句」氷絲館云此評過拙

此、老旦二我兒何不做些鍼指、或觀玩書史、舒展情懷、因何晝寢於此、旦二兒適花園中閒玩忽值春暄惱人、故此回房無可消遣不覺困倦少息有失迎接、望母親恕兒之罪、老旦二這後花園中冷靜、少去閒行、旦二領母親嚴命、老旦二孩兒學堂看書去、旦二先生不在、且自消停、老嘆介女孩家長成、自有許多情態且自由他、正是宛轉隨兒女、辛勤做老娘、下旦二長歎介看老下、介、哎也。。天那。。今日杜麗娘有些僥倖也、偶到後花園中、百花開遍、覩景傷情沒興而回、晝眠香閣、忽見一

生、年可弱冠、丰姿俊妍、於園中折得柳絲一枝、笑對奴家說、姐姐既淹通書史、何不將柳枝題賞一篇、那時待要應他一聲、心中自忖、素昧平生、不知名姓、何得輕與交言、正如此想間、只見那生向前說了幾句傷心話兒、將奴摟抱去牡丹亭畔、芍藥闌邊、共成雲雨之歡、兩情和合、眞箇是千般愛惜、萬種溫存、歡畢之時、又送我睡眠、幾聲將息、正待自送那生出門、忽值母親來到、喚醒將來、我一身冷汗、乃是南柯一夢、忙身參禮母親、又被母親絮了許多閒話、奴家口雖

妙

無言答應、心內思想夢中之事、何曾放懷、行坐不寧、自覺如有所失、娘呵、你教我學堂看書去、知他看、那一種書消悶也、作掩淚介

綿搭絮 旦 雨香雲片。纔到夢兒邊。無奈高堂。喚醒紗牕睡不便。潑新鮮冷汗粘煎。閃的俺心悠步嚲意軟鬟偏。不爭多費盡神情。坐起誰忺。則待去眠。貼上 晚粧銷粉印、春潤費香篝、小姐、薰了被窩睡罷、

尾聲 旦 困春心遊賞倦、也不索香薰繡被眠。天呵。有心情。那夢兒還去不遠。

春望逍遙出畫堂 張說 間梅遮柳不勝芳 羅隱

可知劉阮逢人處 許渾 回首東風一斷腸 韋莊

第十一齣 慈戒

老旦上 昨日勝今日、今年老去年、可憐小兒女、長自繡牕前、幾日不到女孩兒房中、午晌去瞧他、只見情思無聊、獨眠香閣、問知他在後花園回、身子困倦、他年幼不知、凡少年女子、最不宜艷粧戲游、空冷無人之處、這都是春香賤材逗引他、春香那裡、貼上 閨中圖一睡、堂上有千呼、奶奶、怎夜分時節、還未安寢、老

冰絲館加圈

連前驚夢幾爭宋玉棠莊
冰絲館云山陰妙評讀者須用妙悟方得之

旦小姐在那裡、貼陪過夫人到香閣中、自言自語、淹淹春睡去了、敢在做夢也、老旦你這賤材、引逗小姐後花園去、儻有疎虞、怎生是了、貼以後再不敢了、老旦聽俺分付、

蒸餬餅女孩兒只合香閨坐、拈花剪朵、問繡䆫鍼指如何、逗工夫一線多、更晝長閒不過、琴書外。自有好。騰那。去。花園怎麼、貼花園好景、老旦丫頭、不說你不知、

前腔後花園窣靜無邊闊、亭臺半倒落、便我中年人

要去時節、尚兀自裏打箇磨陀、女兒家甚做作星辰高猶自可、貼不高怎的、老低唱厮撞著有甚不著科教娘怎麼、小姐不會晚餐、早飯要早、你說與他、

風雨林中有鬼神 蘇廣文　寂寥未是采花人 鄭谷
素娥畢竟難防備 段成式　似有微詞動絳唇 唐彥謙

第十二齣 尋夢

夜遊宮貼上膩臉朝勻罷盥、倒犀簪斜插雙鬟、侍香閨起早睡意闌珊、衣桁前、粧閣畔、畫屏閒、伏侍千金小姐丫鬟一、位春香、請過貓兒師父、不許老鼠放光、

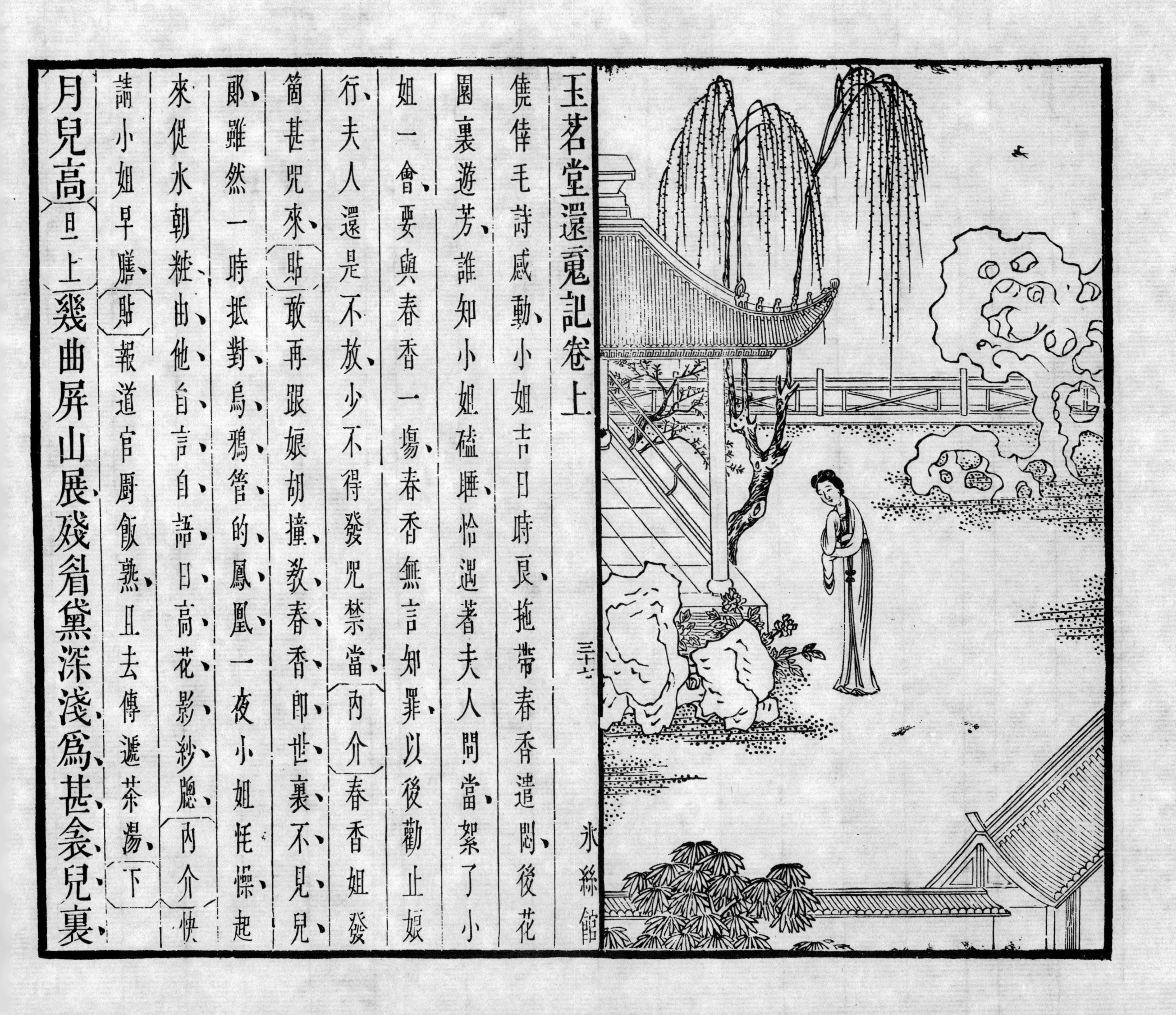

玉茗堂還魂記卷上

僥倖毛詩感動、小姐吉日時良、拖帶春香遣悶、後花園裏遊芳、誰知小姐磕睡、恰遇著夫人問當、絮了小姐一會、要與春香一場、春香無言知罪、以後勸止娘行、夫人還是不放、少不得發咒禁當、（內介）春香姐發箇甚咒來、（貼）敢再跟娘胡撞、教春香即世裏不見兒郎、雖然一時抵對、烏鴉管的鳳凰、一夜小姐㤞懆、起來促水朝粧、由他自言自語、日高花影紗窻、（內介）快請小姐早膳、（貼）報道官廚飯熟、且去傳遞茶湯、（下）

月兒高（旦上）幾曲屏山展、殘眉黛深淺、爲甚衾兒裏、

氷絲館加圈并評如此方直得一死文情全從如花美眷數語生出

快雨堂云士為知已用也是這副衷腸

氷絲館加圈并評神情活現

不住的柔腸轉這憔悴非關愛月眠遲倦可為惜花朝起庭院忽忽花間起夢情女兒心性未分明無眠一夜燈明滅怪煞梅香喚不醒昨日偶爾春遊何人見夢綢繆顧盼如遇平生獨坐思量情殊悵恍真箇可憐人也（悶介）（貼捧茶食上）香飯盛來鸚鵡粒清茶擎出鷓鴣斑小姐早膳哩（旦）咱有甚心情也

（前腔）梳洗了纔勻面照臺兒未收展睡起無滋味茶飯怎生咽（貼）夫人分付早飯要早（旦）你猛說夫人則待把饑人勸你說為人在世怎生叫做喫飯（貼）一日三餐（旦）咳甚麼兒氣力與擎拳生生的了前件你自

拿去喫便了（貼）受用餘杯冷炙勝如賸粉殘膏（下）（旦）春香已去天呵昨日所夢池亭儼然只圖舊夢重來其奈新愁一段尋思展轉竟夜無眠咱待乘此空閒背卻春香悄向花園尋看（悲介）哎也似咱這般正是夢無綵鳳雙飛翼心有靈犀一點通（行介）一逕行來喜的園門洞開守花的都不在則這殘紅滿地呵

（懶畫眉）（旦）最撩人春色是今年少甚麼低就高來粉畫垣元來春心無處不飛懸（絆介）哎睡茶蘼抓住裙

恍惚一掌

快雨堂云兒音現近來歌者俱訛

衩線、恰便是花似人心好處牽、這一灣流水呵、

前腔 爲甚呵、玉眞重遡武陵源、也則爲水點花飛在眼前、是天公不費買花錢、則咱人心上有啼紅怨、咳、辜負了春三二月天、貼上 喫飯去不見了小姐則得一逕尋來呀小姐、你在這裏、

不是路 何意嬋娟小立在垂垂花樹邊、纔朝饍、箇人無伴怎遊園、旦 畫廊前深深驀見銜泥燕隨步名園是偶然、貼 娘回轉、幽閨窣地教人見那些兒閒串、那些兒閒串、

前腔 旦作惱介 哇、偶爾來前道的咱偷閒學少年、貼 咳、不偷閒偷淡、旦 欺奴善、把護春臺都猜做謊桃源、貼 敢狐言、這是夫人命道春多刺繡宜添線潤逼鑪香好膩箋、旦 還說甚來、貼 這荒園塹怕花妖木客尋常見、去小庭深院、去小庭深院、旦 知道了、你好生答應夫人去、俺隨後便來、貼 閒花傍砌如依主、嬌鳥嫌籠會罵人、下 旦 了頭去了、正好尋夢哩、

忒忒令 那一答可是湖山石邊。這一答似牡丹亭畔。嵌雕闌芍藥芽兒淺。一絲絲垂楊線。一丟丟榆莢錢。

快雨堂云㦯㦯令以下十餘曲臨川匠心獨運不甚合譜惟納書楹考訂極精此處所分正襯尚沿舊譜

文已超神入化

冰絲館云乍便今生夢見乍字最有神理三婦本臆改怎字謬甚

冰絲館云刻劃太過似失香閨口吻然元人專以此爲長至玉茗而愈俚愈雅愈新愈古莫能名其寶矣

昏善兩字佳

冰絲館云紅影諸本多作紅葉惟三婦本作影從之

綫兒春甚金錢弔轉呀、昨日那書生將柳枝要我題咏、強我歡會之時、好不話長、

嘉慶子 是誰家少俊來近遠、敢迤逗這香閨去沁園、話到其間靦覥、他捏這眼奈煩也天、咱噷這口待酹言、

尹令 那書生可意呵、咱不是前生愛眷、又素乏平生半面、則道來生出現、乍便今生夢見生就個書生、哈哈生生抱咱去眠、那些好不動人春意也、

品令 他倚太湖石立著咱玉嬋娟、待把俺玉山推倒、

便日煖玉生烟、捱過雕闌、轉過鞦韆、掯著裙花展、敢席著地怕天瞧見、好一會分明、美滿幽香不可言、夢到正好時節、甚花片兒弔下來也、

豆葉黃 他興心兒緊嚥嚥、嗚著咱香肩、俺可也慢掂掂做意兒周旋、俺可也慢掂掂做意兒周旋、等閒間把一個照人兒昏善、那般形現、那般軟綿、忑一片撒花心的紅影兒弔將來半天、敢是咱夢魂兒廝纏、咳尋來尋去、都不見了、牡丹亭、芍藥闌、怎生這般悽涼冷落、杳無人跡、好不傷心也、

想鋒沒石

冰絲館云寫尋字可謂淋漓酣暢

快雨堂云如此突接奇極妙極惟棠莊有之

只管著梅了

冰絲館加圈并評偶然間妙甚情到至處自家不解

【玉交枝】(淚介)是這等荒涼地面。沒多半亭臺靠邊。好是咱瞇睽色眼尋難見。明放著白日青天。猛教人抓不到夢魂前。霎時間有如活現。打方旋再得俄延。呀、是這答兒壓黃金釧匾。要再見那書生呵

【月上海棠】怎賺騙。依稀想像人兒見。那來時荏苒去也遷延。非遠。那雨跡雲蹤纔一轉。敢依花傍柳還重現。昨日今朝。眼下心前。陽臺一座登時變。再消停一番。(望介)呀。無人之處。忽然大梅樹一株。梅子磊磊可愛。

【二犯幺令】偏則他暗香清遠。傘兒般蓋的周全。他趁、這他趁這春三月紅綻雨肥天。葉兒青。偏迸著苦仁兒裏。撒圓。愛殺這晝陰便。再得到羅浮夢邊。罷了。這梅樹依依可人。我杜麗娘若死後。得葬於此。幸矣。

【江兒水】偶然間心似繾。梅樹邊。這般花花艸艸由人戀。生生死死隨人願。便酸酸楚楚無人怨。待打併香魂一片。陰雨梅天。守的箇梅根相見。(倦坐介)(貼上)佳人拾翠春亭遠。侍女添香午院清。咳。小姐走乏了。梅樹下眠。

冰絲館加圈并評忽忽二字與偶然間一種神理

快雨堂云春歸人面至一言爲一句拜月體也

冰絲館加圈并評兩度合前複一次妙一次

不知說甚絮絮叨叨

快雨堂云爭的箇長眠和短眠諸本多訛作掙今改正

川撥棹〔貼〕你遊花苑怎靠著梅樹偃〔旦〕一時間望一時間望眼連天忽忽地傷心自憐〔泣介〕〔合〕知怎生情悵然知怎生淚暗懸〔貼〕小姐甚意兒

前腔〔旦〕春歸人面整相看無一言我待要折我待要折的那柳枝兒問天我如今悔我如今悔不與題箋〔貼〕這一句猜頭兒是怎言〔合前〕〔貼〕去罷〔旦作行又住介〕

前腔〔旦〕爲我慢歸休款留連〔內鳥啼介〕聽聽這不如歸春暮天難道我再難道我再到這亭園則爭的箇長眠和短眠〔合前〕〔貼〕到了和小姐瞧奶奶去〔旦〕罷了

意不盡軟咍咍剛扶到畫闌偏報堂上夫人穩便咱杜麗娘呵少不得樓上花枝也則是照獨眠

武陵何處訪仙郎　釋皎然　只怪遊人思易忘　韋莊

從此時時春夢裏　白居易　一生遺恨繫心腸　張祜

第十三齣　訣謁

杏花天〔生上〕雖然是飽學名儒腹中飢崢嶸脹氣夢魂中紫閣丹墀猛擡頭破屋半間而已蛟龍失水硯池枯狡兔騰天筆勢孤百事不成眞畫虎一枝難穩

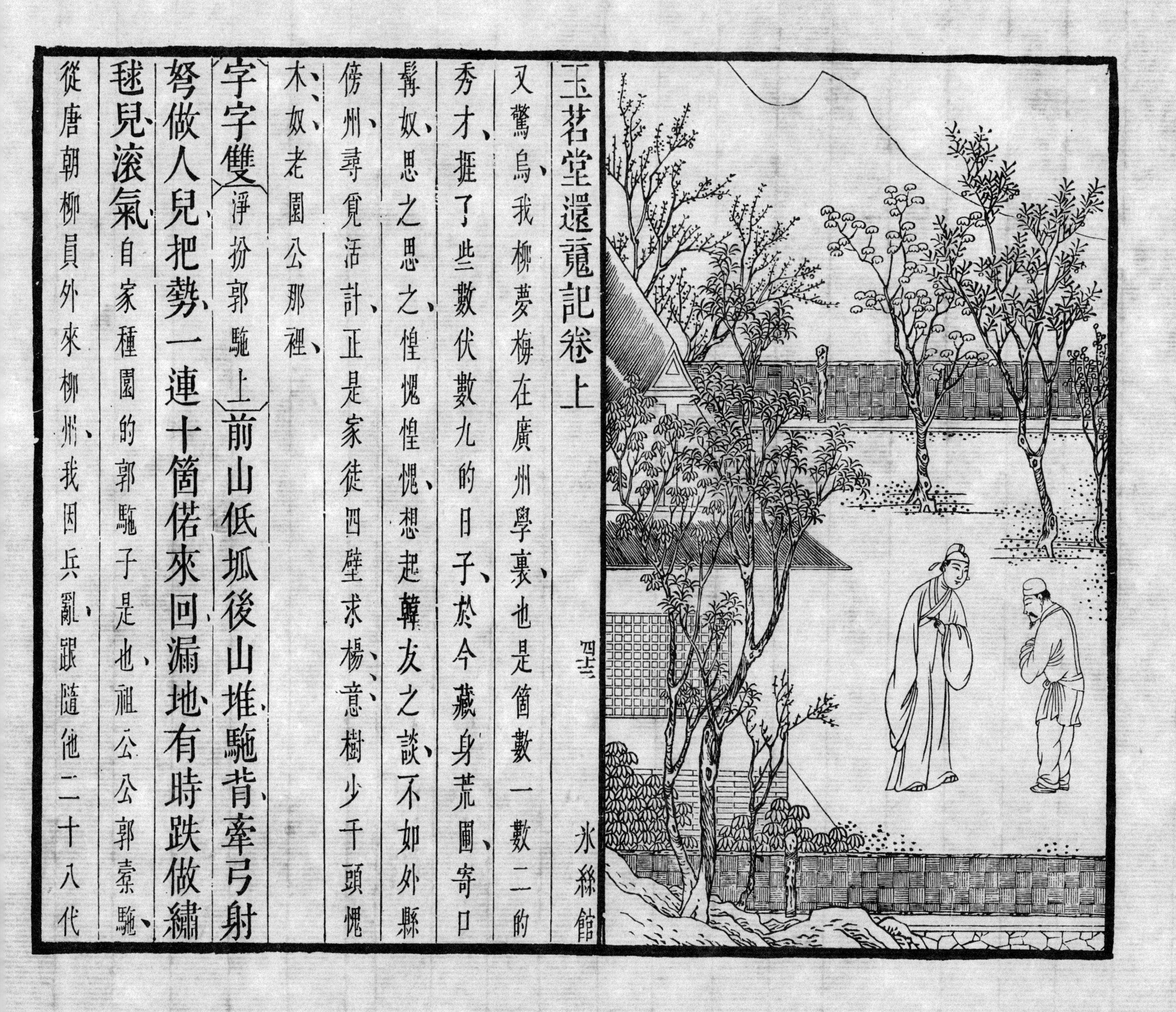

玉茗堂還魂記卷上

又鶯鳥、我柳夢梅在廣州學裏、也是箇數一數二的秀才、捱了些數伏數九的日子、於今藏身荒圃、寄口髯奴、思之思之、惶愧惶愧、想起韓友之談、不如外縣傍州、尋覓活計、正是家徒四壁求楊意、樹少千頭愧木奴、老園公那裡、

【字字雙】（淨扮郭駝上）前山低坬後山堆、駝背牽弓射弩做人兒把勢、一連十箇偌來回、漏地有時跌做繡毬兒滾氣（自家種園的郭駝子是也、祖公公郭橐駝、從唐朝柳員外來柳州、我因兵亂、跟隨他二十八代

元孫柳夢梅秀才的父親、流轉到廣、又是若干年矣、賣果子回來、看秀才去、（見介）秀才、讀書辛苦、（生）園公正待商量一事、我讀書過了廿歲、並無發跡之期、思想起來、前路多長、豈能鬱鬱居此、搬柴運水、多有勞累、園中果樹、都判與伊、聽我道來、

【桂花鎖南枝】俺有身如寄、無人似你、俺喫盡了黃淡酸甜。費你老人家澆培接植。你道俺像甚的來、鎮日裏似醉漢扶頭、甚日的、和老駝伸背、自株守、教怨誰讓荒園你存濟、

【前腔】（淨）俺橐駝風味、種園家世、（揖介）不能勾展脚伸腰、也和你鞠躬盡力、秀才、你貼了俺果園那裡去、（生）坐食三餐、不如走空一棍、（淨）怎生叫做一棍、（生）混名打秋風哩、（淨）咳、你費工夫、去撞府穿州、不如依本分、登科及第、（生）你說打秋風不好、茂陵劉郎秋風客、到大來做了皇帝、（淨）秀才、不要攀今弔古的、你待秋風誰、道你滕王閣、風順隨、則怕魯顏碑、響雷碎、（生）俺干謁之興甚濃、休的阻擋、（淨）也整理些衣服去、

【尾聲】把破衫衿徹骨搥挑洗、（生）學干謁黃門一布衣、

寫字改存字
佳

（淨）秀才、則要你衣錦還鄉俺還見的你、

此身飄泊苦西東 杜甫 笑指生涯樹樹紅 陸龜蒙

欲盡出遊那可得 武元衡 秋風還不及春風 王建

第十四齣 寫眞

【破齊陣】（旦上）徑曲夢迴人杳、閨深珮冷魂銷、似霧濛花如雲漏月、一點幽情動早、（貼上）怕待尋芳迷翠蝶、倦起臨粧聽伯勞、春歸紅袖招、【醉桃源】（旦）不經人事意相關、牡丹亭夢殘、（貼）斷腸春色在眉彎、倩誰臨遠山、（旦）排恨疊、怯衣單、花枝紅淚彈、（合）蜀粧晴雨畫來

逗人無窮

難、高、唐、雲、影、間、〔貼〕小姐、你自花園遊後、寢食悠悠、敢
爲春傷、頓成消瘦、春香愚不諫賢、那花園以後再不
可行走了、〔旦〕你怎知就裏、這是春夢暗隨三月景、曉
寒瘦減一分花、

刷子序犯〔旦低唱〕春歸恁寒峭、都來幾日意懶心喬、
竟糊成熏香獨坐無聊。逍遙怎剗盡助愁芳艸。甚法
兒點活心苗。眞情强笑爲誰嬌。淚花兒打迸著夢魂
飄。

朱奴兒犯〔貼〕小姐、你熱性兒怎不氷著冷淚兒幾曾

乾燥。這兩度春遊忒分曉。是禁不的燕抄鶯鬧。你自
窨約。敢夫人見焦。再愁煩十分容貌。怕不上九分瞧。
〔旦作驚介〕咳、聽春香言話、俺麗娘瘦到九分九了、俺
且鏡前一照、委是如何、〔照介〕〔悲介〕哎也、俺往日艷冶
輕盈、奈何一瘦至此、若不趁此時自行描畫、流在人
間、一旦無常、誰知西蜀杜麗娘有如此之美貌乎、春
香取素絹丹青、待我描畫、〔貼下取絹筆上〕三分春色
描來易、一段傷心畫出難、絹幅丹青俱已齊備、〔旦泣
介〕杜麗娘二八春容、怎生便是杜麗娘自手生描也、

逗入無猜

難、高、唐、雲、影、間、貼小姐、你自花園遊後、寢食悠悠、敢爲春傷、頓成消瘦、春香愚不諫賢、那花園以後再不可行走了、旦你怎知就裏、這是春夢暗隨三月景、曉寒瘦減一分花、

刷子序犯旦低唱春歸恁寒峭、都來幾日意懶心喬、竟粧成熏香獨坐無聊、逍遙怎剗盡助愁芳艸。甚法兒點活心苗。眞情強笑。爲誰嬌淚花兒打迸著夢寬飄。

朱奴兒犯貼小姐、你熱性兒怎不氷著。冷淚兒幾曾乾燥。這兩度春遊忒分曉。是禁不的燕抄鶯鬧。你自窨約。敢夫人見焦再愁煩十分容貌。怕不上九分瞧旦作驚介咳、聽春香言話、俺麗娘瘦到九分九了、俺且鏡前一照、委是如何、照介悲介哎也、俺往日艷冶輕盈、奈何一瘦至此、若不趁此時自行描畫、流在人間、一旦無常、誰知西蜀杜麗娘有如此之美貌乎、春香、取素絹丹青、待我描畫、貼下取絹筆上三分春色描來易、一段傷心畫出難、絹幅丹青俱已齊備、旦泣介杜麗娘二八春容、怎生便是杜麗娘自手生描也、

者力擺脫弄
登

布景

蹬音諍開張
畫繪也

呵、

普天樂〔旦〕這些時把少年人如花貌、不多時憔悴了、不因他福分難銷、可甚的紅顏易老、〔論〕人間絕色偏不少、等把風光丟抹早、打滅起離魂舍欲火三焦、擺列著昭容閣文房四寶、待畫出西子湖眉月雙高

鴈過聲〔照鏡歎介〕輕綃、把鏡兒擘掠、筆花尖淡掃輕描、影兒呵、和你細評度、你腮斗兒恁喜謔、則待注櫻桃染、柳條渲、雲鬟烟靄飄蕭、眉梢青未了、箇中人全在秋波妙、可可的淡春山鈿翠小

傾盃序〔貼〕宜笑、淡東風立細腰、又似被春愁著、〔旦〕謝、半點江山、三分門戶、一種人才、小小行樂、撚青梅閒廝調、倚湖山夢曉、對垂楊風裊忒苗條、斜添他幾葉翠芭蕉、春香、蹬起來可廝像也、

玉芙蓉〔貼〕丹青女易描、眞色人難學、似空花水月、影兒相照、〔旦喜介〕畫的來可愛人也、咳、情知畫到中間好再有、似生成別樣嬌、〔貼〕只少箇姐夫在身傍、若是姻緣早、把風流壻招、少什麼美夫妻圖畫在碧雲高、

〔旦〕春香、咱不瞞你、花園遊玩之時、咱也有箇人兒、〔貼〕

氷絲館云警
報三婦改作
先兆便覺庸
鄙
詩不佳

言空空貯在
如此想頭
裡陣次第

驚介小姐怎的有這等方便呵、旦夢哩、

山桃犯有一箇曾同笑待想像生描著再消詳邈入其中妙則女孩家怕漏泄風情稿這春容呵似孤秋片月離雲嶠甚蟾宮貴客傍的雲霄春香記起來了、那夢裏書生曾折柳一枝贈我此莫非他日所適之夫姓柳乎故有此警報耳偶成一詩暗藏春色題於幀首之上何如貼却好旦題吟介近覩分明似儼然遠觀自在若飛仙他年得傍蟾宮客不在梅邊在柳邊放筆歎介春香也有古今美女早嫁了丈夫相愛替他描模畫樣也有美人自家寫照寄與情人似我杜麗娘寄誰呵

尾犯序旦心喜轉心焦喜的明粧儼雅仙珮飄颻則怕呵把俺年深色淺當了箇金屋藏嬌虛勞寄春容教誰淚落做真真無人喚叫淚介堪愁夭精神出現留與後人標春香悄悄喚那花郎分付他貼叫介丑扮花郎上秦宮一生花裏活崔徽不似卷中人小姐有何分付旦這一幅行樂圖向行家裱去叫人家收拾好些